LA VIE

DES JOUEURS

Roman en Vers

PAR

BRUYÈRE

LA VIE

DES JOUEURS

Roman en Vers

PAR

BRUYÈRE

LA VIE DES JOUEURS

Le jeu, c'est bien souvent la perdition de l'homme,
Le désespoir des corps, la perdition de l'âme.
Jean Germain, Etienne François, Théodore Timothée,
Antoine Julien, Guillaume Vincent, Pierre Herméné,
Ces six messieurs, en se promenant, ils ont convenu
De former un cercle pour faire une partie de jeu.
Ils ont loué à Paris une très belle maison ;
En mil sept cent trente-quatre en ont pris possession.
Le premier janvier, ils ont tous commencé de jouer ;
Jean Germain a le bonheur, vingt mille francs a gagné.
Il s'en va du cercle, joyeux, tout en chantant :
Ma femme au jeu j'ai gagné tout cet argent.
Cher mari, ne te glorifie pas de l'argent du jeu,
Bien souvent il s'en retourne comme il est venu.
Mon ami, je t'en supplie, fais ce serment à Dieu
Que jamais autant que tu vivras, tu ne joueras plus.
Ce serment je te l'accorde du plus fond de mon cœur,
De ma vie je ne trahirai cette parole d'honneur.
Quelques jours s'écoulent sans que son désir lui soit venu ;
Il rencontre ses amis qui tour à tour le prient un peu
Que le soir même soit assez complaisant d'aller jouer.
J'ai fait un serment, je le renonce pour ma liberté ;
Je jure sur ma tête que demain au jeu je serai.

Messieurs, puisque vous me priez, je vais à tous vous gagner.
Le lendemain je me dirige au jeu bien content,
J'ai bien mal réussi, car j'ai perdu beaucoup d'argent ;
Je sors de la salle avec une grande fureur.
Sa femme le voyant a tremblé de frayeur ;
Je le vois sur toi-même que tout ton argent est perdu,
Tu as trahi le serment que tu as fait devant Dieu.
Tremble à mes menaces, de mes vices ne parle plus.
Si ce malheur t'arrive tu périras par le feu.
O quel grand malheur quand j'ai pensé à t'épouser,
Par ees manvais vices tu me menaces de me tuer.
J'avais caché trois cents francs pour ne pas mourir de faim,
A trouvé cet argent, le brigand, et nous laisse sans pain.
Quand il tient cette somme va jouer croyant être heureux,
N'a pas réussi, il sort de la salle très malheureux.
En sortant se voyant à la dernière extrémité,
A la maison de sa femme de désespoir veut la tuer ;
En le voyant lui a crié : tu as mangé tout notre bien,
A présent moi et mes enfants nous allons tous mourir de faim,
A ce cri de détresse voulant bientôt lui mettre fin,
En pleine poitrine lui enfonce son poignard malin.
Voyant le sang de sa femme couler à grands flots,
Jean Germain, une pierre au cou, se jette dans l'eau.
Revenons au cercle de monsieur Louis Béranger,
Pour examiner les cinq joueurs ce qu'ils ont fait.
Monsieur Etienne François, pour lui ô quel danger !
Malheureusement tout son argent on lui a gagné.
Il sort du cercle en disant : Je suis au désespoir,
Je jure sur ma tête que je volerai ce soir.
Sa femme le voyant arriver de mauvaise humeur,
Mon mari, raconte-moi si tu as eu quelque malheur.
Je n'ose te le dire, je te prie de me pardonner,
L'argent que nous avions au jeu on me l'a tout gagné.
La nuit prochaine, avec des armes à feu et mon poignard,

J'arrêterai tous ceux qui se présenteront à mon regard.
Sans pitié à tous je lui demanderai de l'argent ;
Si l'on refuse, je tremperai mes mains dans son sang.
O quel malheur ! Que vas-tu devenir cher époux !
La police va bientôt te mettre la chaîne au cou.
Je sors de ma maison bien armé tout en regardant.
Messieurs, adieu, je vais remettre ces vingt mille francs.
Quelle heureuse nouvelle ! oui, je serai content ;
Je tuerai cet homme et j'aurai tout son argent.
Ce monsieur étant content en sortant du café.
Je me lance sur lui comme un lion enragé,
De mon poignard je me sers, l'enfonce dans son corps,
Le vieillard me dit : mon fils, tu m'as donné la mort.
A ce soupir de mon père m'a tant effrayé,
Je me donne la mort, voilà ma vie terminée.
Examinons les quatre associés ce qu'ils font au jeu.
Les trois premiers que je rencontre tout son argent est perdu
Grégoire Timothée ayant gagné à tous son argent,
Va dire à sa femme, j'ai gagné cent mille francs.
Un écoute le discours qu'à sa femme a tenu,
Les deux autres sont allés chercher des armes à feu.
Chers amis, ils ont décidé de la France s'exiler,
Ainsi je vous conseille de ne pas en avoir pitié.
Le voilà qui descend pour la voiture avertir ;
Pour retirer notre argent, il nous faut le faire mourir.
Sur son corps malheureusement l'on vient de faire feu.
Monsieur Grégoire Timothée n'existera plus.
Sur lui je m'empresse de prendre tout son argent,
Je fuis avec adresse en Espagne maintenant.
A ce bruit occasionné par les deux coups de feu,
Cinq ou six agents de police sont accourus ;
Voyant sur le pavé un cadavre presque mort :
Arrêtez, scélérats, qui avez tiré sur son corps.
On les conduit tous les deux, sous les verroux en prison,

Le lendemain le juge lui fait son interrogation :
Le premier, c'est Antoine Julien qui a répondu :
C'est moi qui viens de tirer le premier coup de feû.
Pour moi malheureusement, j'en ai grand remords,
Je mérite sur l'échafaud le même sort.
Guillaume Vincent : J'ai tiré le second coup de feu,
Je mérite la guillotine ou d'être pendu.
Le vingt mars au palais de justice, nous sommes conduits
Pour entendre notre sentence qu'il faudra subir,
Le président a prononcé notre arrêt de mort ;
Sur la guillotine nous allons subir notre sort.
Etant sur l'échafaud, le monde nous avons salué :
Peuple, de notre malheureux sort, ayez en pitié.
Père et mère, je vous en prie, veuillez m'écouter,
De vos enfants, je vous en prie, sachez bien les régler.
Défendez-lui de jouer du fond de votre cœur ;
Car si le vice les prend, pour eux, ô quel malheur !
Comme moi, Antoine Julien, un jour seront condamnés,
Sur la place publique, ils auront la tête tranchée.
Guillaume Vincent à tout le monde s'est adressé :
Messieurs et dames, je vous prie, veuillez m'écouter,
Voyez la guillotine qui va séparer mon corps,
Pitié pour mon âme, mais moi je mérite la mort.
Que cet exemple vous serve à ceux qui nous entourez,
Que jamais de la vie, personne n'aille plus jouer.
L'exécuteur nous a dit : Messieurs êtes-vous prêts,
Nous avançons notre tête, la voilà tombée.
Le peuple de frayeur en voyant notre sang couler,
C'est malheureux de perdre la vie pour aimer de jouer.
Revenons en Espagne sur l'exil de Pierre Herméné,
Et remarquons quel tour d'adresse aura-t-il exécuté.
Le jeu et la débauche sont toujours ses amusements.
Il s'aperçoit que cette vie ne durera pas longtemps.
On le croit riche quand il entre dans la salle de jeu,

Mais malheureusement beaucoup de son argent a perdu.
Le premier juillet étant invité à une soirée,
Il a fait beaucoup de dépenses pour se faire aimer.
La musique commence, il vient de remarquer
Qu'une demoiselle sur lui son regard avait jeté.
Très aimable demoiselle, auriez-vous la bonté
De danser un quadrille avec moi comme étranger.
Pour venir danser ma main je vous l'offre de bon cœur ;
Après l'être suprême vous serez mon sauveur.
Je lui présente ma main, m'a serre, ce n'est que l'amour ;
J'ai reconnu que cette demoiselle m'aimerait toujours.
Dans le temps du quadrille, je lui offre mon amitié,
Dans mon cœur et sur mon âme je vous jure fidélité.
Je lui propose le quinze juillet de nous enlever,
Elle accepte avec plaisir et grande amitié.
Le moment convenu arrivé, nous voilà partis,
Pour habiter notre ville de Madrid.
Son père se désole d'avoir perdu sa fille chérie ;
Il veut quitter l'Espagne pour habiter Paris ;
Fait une procure, lui donne cinquante mille francs
Et la maison comme elle se trouve maintenant.
Son père dans toutes les villes d'Espagne a fait publier ;
Je viens d'autoriser ma fille qu'elle peut se marier.
Pierre Herméné à Madrid a lu la publication
Que pour son mariage lui donne la permission.
Louise Lucius et son amant Pierre Herméné
Dans la maison de son beau-père ils vont habiter.
En arrivant par les autorités se font publier ;
Son mariage dans quinze jours le voilà terminé.
La fête de noce se fait avec grand amusement,
Les deux mariés contents d'avoir eu le consentement.
Les premiers jours pour Pierre Herméné sont très-heureux,
Mais la passion le tourmente de retourner au jeu.
Un monsieur lui propose une partie d'amusement.

Je l'accepte du fond de mon cœur avec contentement.
Dans une salle il l'a accompagné au jeu.
Je réussirai ce soir, je serai très heureux.
Voyant qu'il avait une forte somme à jouer,
Je vais à tous ces messieurs son argent lui gagner.
Son idée est naturelle, il lui a réussi,
Il a gagné la somme à ces messieurs que voici.
Il a eu de bonheur, cinquante mille francs en argent,
En effets ou billets de banque quarante mille francs.
Le lendemain il retourne avec plaisir au jeu,
Il vient de gagner tout l'argent que ces messieurs ont eu.
Tout l'argent que nous avions, il l'a tout gagné,
Il nous faut tous nous entendre pour le voler.
Mettons notre argent entre les mains de Barnabé,
Et que lui tout seul le joue à sa liberté.
Mais pour le tromper, il nous faut faire des explications,
Tu nous regarderas et par signe nous te le dirons.
Pierre Herméné, le voilà qui commence de jouer,
Avec nos ruses, Barnabé vingt mille francs a gagné.
La partie est intéressante, ils jouent encor,
Barnabé vient de lui gagner trois cents louis en or.
Pierre Herméné sort du jeu avec repentir,
O quel malheur, j'aurais mieux fait d'aller dormir.
Dans la nuit j'ai fait un rêve, me rend très content,
Que demain à ces messieurs, j'aurai tout son argent.
Au jeu je retourne, mon rêve a été mal fondé,
Barnabé, mon adversaire, tout mon argent a gagné.
Etant vexé, je sors de la salle avec fureur,
Je terminerai ma vie par l'état de voleur.
Dans la forêt de Madrid, je vais exercer mon métier ;
Le premier que je rencontre c'est un homme à pied.
Halte-là ! La bourse ou la vie ! Veuillez vous arrêter,
Donnez-moi votre argent ou sur vous je vais tirer.
Il m'a jeté sa bourse et j'en suis très content,

J'ai compté les espèces, j'ai eu quinze cents francs.
Quelques jours se passent, je n'ai rien rencontré,
Le lendemain des voleurs viennent m'arrêter.
Halte-là ! camarade, donnez votre argent,
Ou l'on va tirer sur vous immédiatement.
Je lui réponds, Messieurs, nous faisons le même métier,
A un marchand quinze cents francs dans ce bois j'ai volé,
L'argent que j'ai, je vous le donne avec contentement,
Si dans votre compagnie, vous me recevez maintenant.
Oui, Monsieur, dans notre compagnie, nous vous acceptons,
Mais si vous nous trahissez à un arbre nous vous pendrons.
Le lendemain, l'on me conduit à son chef des voleurs,
Dedans un souterrain éloigné qui me fait frayeur.
Son chef on le nomme Monsieur Guillaume Aimé
Que sa présence toute la bande fait trembler,
Il se tourne vers moi d'un air brutal et sans façon :
Camarade, explique-moi ton nom et ton prénom,
Je suis, Messieurs, l'honorable Pierre Herméné
Et sur ma tête, je vous jure fidélité.
De cette réponse, Monsieur, j'en suis bien charmé,
Ce sera un homme capable de notre métier.
L'on m'accepte avec eux et nous voilà partis,
Pour parcourir les campagnes de ce beau pays,
Herméné, voilà la campagne de Monsieur Armand,
On assure qu'il est millionnaire en argent.
Mes enfants, du courage, faut travailler avec ardeur,
Des pareilles sommes, ça ferait à tous notre bonheur.
Cette semaine, un nous faut faire le colporteur,
Voir combien ils ont de domestiques ou travailleurs.
Voilà que tous me prient : Monsieur Pierre Herméné,
Il vous faut accomplir cette grande formalité.
Je l'accepte de bon cœur, je vous prouverai mon talent,
Allez acheter des marchandises qu'on en ait besoin.
Il me faut du fil, du cordon de soie et des rubans,

Alors je serai assorti très convenablement.

Messieurs et dames, auriez-vous la bonté de m'acheter
Les articles que dans ma caisse je vais vous présenter.

En parlant avec la demoiselle de Monsieur Armand :
La campagne doit être habitée par beaucoup de gens.

En tout, nous ne sommes que quinze pour le moment.
Mademoiselle, pourriez-vous me donner un logement?

Monsieur, vous êtes assez honnête et bien bon,
De coucher ici, je vous donne la permission.

Mes amis, je vous avertis, ils sont quinze seulement,
Venez quinze et je vous ouvrirai les appartements.

La nuit arrivée, décidément je me suis couché,
Par précaution, je me suis mis au lit tout habillé.

Ordinairement notre signal est un coup de sifflet,
Je me mets à la fenêtre en lui disant tout est prêt.

Allez-vous en au portail et ne faites aucun bruit,
Je m'en vais descendre doucement pour vous ouvrir.

En ouvrant, messieurs soyez assez bons pour m'écouter,
Il nous faudra tous, sans bruit, monter par cet escalier,
Mettre le poignard à la gorge des trois maîtres qu'ils sont,
Monsieur, Madame, Mademoiselle et Jeanneton.

Nous voilà tous montés au premier appartement ;
Amis, c'est du sang-froid qu'il vous faut avoir maintenant.

S'ils ont le malheur de faire un mouvement de son corps,
Il faut sans pitié, je vous en prie, lui donner la mort.

Messieurs Jean, Etienne, Barthélemy et Fortuné,
Les voilà tous les quatre mes ordres exécutez,

Nous avons bien cherché dans les appartements,
Tout réuni nous avons trouvé vingt mille francs.

Avec regret nous partons mal contents et désespérés,
Croyant dans cette campagne plus d'un million voler,

Nous remettons cette somme à notre chef des brigands,
Personne de notre bande pour si peu n'est pas content.

Le lendemain dans toute la ville est répété :

Hier au soir, Monsieur Armand a été assassiné.
Les autorités mettent des gendarmes sur les chemins
Pour arrêter les mauvais sujets de cet assassin.
Mes amis, nous voilà toute la bande forcée
Par précaution dans notre souterrain de rester.
Plus d'un mois expire sans faire aucun mouvement,
Excepté pour aller chercher des vivres seulement.
Chers amis, nous sommes fatigués de notre position,
Messieurs, faut sortir et voir si l'on a mis des espions,
A plusieurs endroits faisant faction, la nuit dans la forêt,
Aucun n'avons aperçu ni gendarme ni employé.
La nuit prochaine avec des armes nous nous décidons
D'arrêter sur la route tous les messieurs qui passeront.
La nuit arrive, nous nous sommes tous dispersés
Pour les ordres de notre chef les exécuter.
Enntre tous nous arrêtons dix colporteurs ou marchands,
Nous lui avons volé que la somme de six cents francs.
C'est bien peu de chose pour vivre comme nous d'un grand train;
Il nous faut deux mille francs par jour, ou nous mourons de
Dans le souterrain, je lui ai fait connaître mon idée :   [faim.]
Messieurs, allons à Madrid la cathédrale piller.
De tous et de notre chef mon idée est accueillie ;
La nuit prochaine, huit bien armés nous allons partir.
D'encre, de papier blanc, je vais faire le portrait,
Je noircis la serrure et lui presse le papier.
J'ai présenté ce dessin à un bon serrurier :
Monsieur exécutez ce plan, faites une clé,
Je la ferai bien conforme si le plan est bien tiré,
J'assure que la clé pourra bien ouvrir et fermer.
Monsieur, si vous le faites en six heures de temps,
Je vous donnerai la somme de vingt-cinq francs.
La clé sera prête, je puis vous en assurer,
Dans quatre heures vous pouvez venir la chercher.
A six heures du soir, je m'en vais prendre la clé,

Je lui donne trente francs pour le remercier.
Le soir nous voilà partis dix-sept bien armés
Pour nous défendre si l'on venait nous arrêter.
Je mets la clé dans la serrure, j'ouvre facilement,
Tous nous rentrons dans l'église pour voler d'or ou d'argent.
Nous avons pris des valeurs, tous nous sommes contents,
Jusqu'au saint Ciboire et le très saint Sacrement.
Dans notre souterrain les objets nous avons apportés.
Messieurs, comme votre chef, je viens tous vous féliciter
Dans toute la ville, l'on a fait publier adroitement :
On donne dix mille francs pour connaitre le chef des brigands.
Pierre Herméné, pour l'amour des dix mille francs,
Je m'en vais dénoncer tout le monde à présent.
Les autorités, si vous voulez me pardonner,
Je vous ferai connaitre le souterrain tel qu'il est.
Monsieur, avec plaisir, votre grâce nous vous l'accordons,
Pourvu que sur votre personne n'ait pas de trahison.
A votre tête, en gendarme, vous m'habillerez,
A l'endroit de notre souterrain, je vous conduirai.
Il nous faut être soldats ou employés le moins cent
Pour être sûrs de nous emparer de tous ces brigands.
Le lendemain, en gendarme je suis habillé
Pour conduire ces messieurs à l'endroit désigné.
Voilà notre souterrain par trente-cinq habité,
Il faut lui mettre feu pour les faire tous prisonniers.
Nous allumons le feu, tous ils sont bien effrayés,
Fur à mesure qu'ils sortent, ils sont tous enchainés.
Tous trente-cinq on nous a conduits en prison, séparés,
Pour le lendemain l'un après l'autre nous interroger.
Le chef Guillaume, c'est à lui qu'on s'est adressé ;
Ils lui parlent de la conduite de Pierre Herméné ;
C'est lui qui a conduit le vol de Monsieur Armand,
Des colporteurs, des ouvriers et de beaucoup de marchands,
Jusqu'à l'église a fait faire une fausse clé,

Que dans la nuit, lui à la tête, on l'a tout pillé.
Pierre Herméné, on l'appelle pour l'interroger.
Si j'étais de cette bande, veuillez me pardonner.
Dedans le bois avec des armes à feu l'on m'a forcé
De les suivre et de faire ce vilain métier.
Les autres tour à tour on les a bien interrogés,
Tous ont blâmé la conduite de Pierre Herméné.
Le bruit dans la ville de Madrid est répété
Que les voleurs et son chef sont faits prisonniers.
Louise Lucius entend parler de Pierre Herméné,
Elle va trouver les autorités pour lui demander
Si Pierre Herméné, son mari, était prisonnier.
Oui, vous êtes à plaindre d'un voleur avoir épousé.
Messieurs, pourriez-vous me donner la permission
D'aller voir mon mari dans sa triste position.
Je vous donne la permission, vous serez gardée,
De peur que votre mari vous fassiez évader.
Mon mari, raconte-moi que t'est-il arrivé
Pour que tu sois dans ces sombres prisons enfermé.
De jouer tout notre argent j'ai eu ce grand malheur,
De désespoir, ma femme, j'ai fait l'état de voleur.
Pour moi quelle peine de te voir sous les verroux serré,
Ah ! que je serais heureuse de te voir en liberté !
Mon ami, depuis le temps que tu m'as abandonnée,
J'ai un enfant de quatre ans, je le nomme Aimé,
Nous sommes dans la misère et bien souvent sans pain,
A tous les moments nous sommes prêts à mourir de faim,
Mon mari, prends pitié de moi et de ton enfant,
De vendre ma maison donne-moi le consentement.
Par main de notaire, le consentement je te donnerai,
A condition de me donner deux mille francs pour me soigner.
Je m'en vais chercher le notaire tout en courant,
Pour de mon mari obtenir le consentement.
Le notaire arrivé a tout très bien passé,

De vendre ma maison m'a donné la liberté.
Dans huit jours de temps, ma maison a été vendue
Et les deux mille francs à mon mari j'ai rendus.
Mon fils, la conduite de ton père me fait pitié,
Je veux abandonner l'Espagne pour Paris habiter.
En arrivant dans Paris, nous louons au rez-de-chaussée,
A Saint-Denis pour marchand de vin en faire un métier.
Pendant six années nous avons gagné assez d'argent
Pour nous subsister à nos besoins, moi et mon enfant.
Un vieillard me dit : Madame auriez-vous la bonté
De me servir d'une bouteille d'un bon vin bouché.
François Lucius, ah ! que ton sort est malheureux !
Pauvre fille chérie, je ne te reverrai plus !
Monsieur, racontez-moi ce qui vous est arrivé.
J'avais une demoiselle, on me l'a enlevée.
Si votre fille se mettait à genoux à vos pieds,
Seriez-vous assez bon ses fautes lui pardonner ?
Oui, je la pardonne du plus fond de mon cœur.
Si je voyais ma fille, pour moi quel grand bonheur !
C'est moi, Louise Lucius, ayez la bonté,
Je me mets à vos genoux, veuillez me pardonner.
Relève-toi, ma fille, permets-moi de t'embrasser,
Et que jamais rien nous sépare que l'éternité.
Mon père, de mon mari j'ai un enfant de dix ans,
Je l'aime. Si vous le voyez, ô qu'il est charmant !
Le voilà qui vient de la classe très content,
Pour embrasser sa mère tont en rentrant.
Mon fils, va embrasser ton grand père avec amitié,
Il a les larmes aux yeux de nous avoir retrouvés.
Ma fille, raconte-moi votre enlèvement.
Mon père j'assistais à une très belle soirée,
J'ai vu un monsieur bien mis et d'une rare beauté,
Il me salue : Mademoiselle, auriez-vous la bonté,
Ce joli quadrille de venir avec moi le danser.

Oui, Monsieur, je l'accepte du plus fond de mon cœur.
Il m'offre sa main, je tiens ma parole d'honneur.
Je lui serre la main, il reconnait que c'est l'amour ;
Cette aimable demoiselle m'aimera toujours.
Ce monsieur très adroit m'a proposé de nous enlever,
Moi, jeune, je l'ai accepté avec grande amitié.
Croyant épouser un homme riche et de grand honneur,
Tout au contraire, jai épousé un joueur et un voleur.
Mon père, la somme d'argent que vous m'avez donnée,
Ce malheureux dans cinq ou six mois l'a toute jouée.
A la maison, sans argent, n'a osé se présenter,
De l'état de voleur voulant en faire un métier,
Sa position est triste, pour moi j'en ai pitié ;
Il est dans les prisons en Espagne enfermé.
Ma chère fille, puisque vous avez eu tant de malheurs,
Tous deux venez avec moi, je vous comblerai de bonheur.
Mon père, la position de mon mari, j'en ai regret,
Je jure sur ma tête de jamais vous abandonner.
Elle a suivi son père avec empressement
Pour jamais plus souffrir ni elle ni son enfant.
Revenons à la prison où est Pierre Herméné,
Et regardons à la punition qu'ils sont condamnés.
Le chef de l'échafaud a eu la tête tranchée
Et les trente-quatre voleurs aux travaux forcés.
Pierre Herméné n'ayant obtenu aucun paiement,
Est comme les autres d'être condamné à vingt ans.
Quatre années s'écoulent, au bagne je suis enchainé,
Mais la nuit prochaine, je suis bien sûr de m'évader.
Arrivant à un factionnaire : tiens, voilà deux cents francs
Et sois assez bon pour me laisser passer librement.
Sors vite, fais attention que je ne sois pas puni,
Si un malheur t'arrive que je ne sois point trahi.
D'Espagne s'évade pour aller habiter son pays,
Il se dirige vers sa ville natale de Paris.

Arrivant, il cherche nn logement au rez-de-chaussée,
Pour faire un grand assortiment de marchand épicier.
Cherchant dans Paris. du prix n'ayant pu s'accorder,
Sa mauvaise passion le porte d'aller jouer.
Eu rentrant dans cette vilaine salle de jeu,
Son estomac lui palpite, il se croit heureux,
En disant ce soir je serai bien ambitieux.
Si je pouvais gagner tout l'argent que j'ai perdu !
Son idée le trompe, il est extrêmement mal content,
Il cherche bien dans ses poches, mais il n'a plus d'argent.
Sortant du jeu en m'écriant : je suis au désespoir,
Décidément je me brûlerai la cervelle ce soir.
Dans la nuit une idée est venue, j'ai réfléchi.
Si je viens à mourir, je ne serai plus en vie.
C'est extrêmement de la fortune qu'il me faut,
Quand je serais presque sûr de mourir sur l'échafaud.
Quel métier vais-je bien exercer pour bien réussir ?
L'état de porteur d'eau pour les maisons parcourir ;
Tout en les parcourant, un jour je serai content,
En parcourant la ville, faisant bien mon métier,
En deux années, six cents francs j'ai économisés.
Je retourne à la salle avec les joueurs,
Je crois que ces six cents francs me porteront bonheur.
Me voilà avec ces messieurs en train de jouer,
Dans deux heures j'ai eu beaucoup d'argent de gagné.
Nous recommençons, je réussis et suis content,
Je compte, j'avais gagné cinquante mille francs.
Je m'amuse et me contente de tout plaisir ;
Mais tous les jours je vois devant moi mon argent fuir.
Après un temps de débauche, je retourne jouer,
Je suis très-malheureux tout mon argent on m'a gagné.
Revenons à ma femme, je lui ai joué son argent,
Je l'ai abandonnée, dans ses bras j'ai laissé un enfant.
Je l'ai laissée dans la misère et bien souvent sans pain.

Elle a dit souvent : Mon fils, demain nous mourrons de faim.
Je ferai bien des recherches et je les trouverai.
Mais malheureusement ma vie d'horreur me fait pitié.
Laissons-les tranquilles et qu'ils aient bonheur avec santé,
Et moi de porteur-d'eau je vais reprendre mon métier.
Parcourant la ville, je fais réflexion sur le passé,
Je vais renouveler les choses que le jeu m'a causées.
J'étais né de bonne famille et de gens d'honneur;
Et moi je l'ai terni en étant joueur et voleur.
Que le jeu est triste! combien il donne de remords!
Ce vice sans trancher la chair, il rentre dans le corps.
Il fait des plaies profondes et donne du repentir;
Souvent dans toute la vie on ne peut pas les finir.
Continuant mon métier dans beaucoup de maisons,
De voler d'argent je n'ai jamais eu l'occasion.
Dans six mois je me suis économisé trois cents francs.
Avec ça je serai sûr de gagner beaucoup d'argent.
Dans ma vieillesse je décide d'aller jouer,
Croyant à tous ces messieurs mon argent gagner.
Ah ! vilain jeu, que tu as toujours causé mon malheur !
Je rentre dans la salle, pour moi quel contentement !
J'ai bien réussi à gagner quarante mille francs.
Je retourne avec beaucoup de plaisir jouer,
A ces messieurs dix mille francs je lui ai gagné.
De cet argent j'avais décidé de le conserver,
Dans mon âme j'assure que tout me dit de m'amuser.
Le soir me voilà assis à la salle pour jouer.
J'ai très-bien réussi, car beaucoup d'argent j'ai gagné.
O Dieu suprême veuillez encore me protéger,
De votre main puissante le bonheur m'accorder,
Que ce soir même votre bonté m'aide à être heureux,
Que je puise gagner tout l'argent que j'ai perdu !
Avant prié le bon Dieu, je vais au jeu très-content,
Ce soir il m'accordera de gagner beaucoup d'argent.

Arrivant à la salle, tous ces messieurs j'ai salué :
Asseyez-vous, Pierre Herméné, nous allons commencer.
Mes croyances sont fausses, je suis au désespoir
D'avoir perdu quarante-cinq mille francs ce soir.
A demain au soir, j'ai cinq mille francs à jouer,
Avec cette somme d'argent je réussirai.
Nous voilà en train; mon estomac est palpitant,
Je suis très-malheureux, j'ai perdu tout mon argent.
Que vais-je devenir dans cette triste position ?
Exerçant le métier de porteur d'eau dans les maisons,
Etant vieux, n'ayant fait aucune économie,
Dieu de bonté, je vous en prie, faites-moi mourir.
Quel remords pour moi en me mettant au lit, ô quelle douleur!
Prenez exemple à moi, vous tous qui êtes joueurs.
Autant que vous vivrez, vous serez toujours malheureux,
Exposés d'être guillotinés ou d'être pendus.
A mon âge, à tout danger me faut exposer,
Quand je serais presque sûr d'être guillotiné.
Je continue mon métier. Si dans une maison
Je vois de l'argent, alors j'aurai bien l'occasion.
Quand même me faudrait tuer mon semblable, je le ferai
Pour l'amour de son argent et pour l'amour d'aller jouer.
J'ai fait le métier pendant trois mois, je n'ai rien vu
Qui puisse dans ma vieillesse me rendre heureux.
Un matin, en sortant, j'ai entendu que l'on disait :
Demain, je vais remettre vingt mille francs chez le banquier.
A ce discours tant désiré d'entendre parler d'argent,
Je me rends tout transporté de joie et de contentement.
Que je serais heureux si je pouvais lui voler
L'argent que chez le banquier demain l'on doit porter.
J'ai regardé la maison comme elle est située.
En regardant la porte en haut j'ai aperçu trois clés.
J'en prends une, le trou de la serrure j'ai regardé,
J'ai reconnu qu'avec cette clé je pourrais entrer.

Que je suis content ! Je forme beaucoup de projets.
Ah ! que je serais heureux demain d'aller jouer.
La nuit arrive, je prends mon poignard et mes pistolets,
Je vais tuer les trois personnes que j'ai vues, sans pitié ;
Je mets la clé dans la serrure, j'ouvre bien aisément,
Je monte ma bougie à la main bien doucement,
La première porte que j'ouvre, je vois un vieillard,
En pleine poitrine je lui enfonce mon poignard.
Le second est un jeune homme de vingt à vingt-cinq ans,
De mon poignard je me sers pour tremper mes mains dans son
La troisième est une femme, elle descend du lit   [sang.
En me disant : Grand brigand, que venez-vous faire ici?
Je m'avance, d'un coup de poignard au sein je l'ai touchée.
Au secours, mon père, mon enfant, l'on vient m'assassiner.
A ce cri je me crois perdu; pour plutôt terminer,
Sur elle j'avance, tire un coup de pistolet.
Toutes les trois personnes sont mortes et j'ai la liberté
Dans tous les appartements l'argent aller chercher.
En ouvrant la porte, le premier papier que j'ai vu,
Pierre Herméné, c'est bien mon nom que j'ai reconnu.
Je suis curieux d'avoir lu mon nom sur le papier,
Louise Lucius, ma femme, elle est signée.
C'est le contrat de mariage que nous avons passé.
Je regarde plus loin, oui c'est bien la pure vérité,
Tout en tremblant, quel malheur je viens de faire, grand brigand,
Je viens de tuer mon beau-père, ma femme et mon enfant,
Je veux tirer sur moi, mais je tombe évanoui,
Les agents de police viennent la porte ouvrir.
Aussitôt monté, l'on me voit tout mouillé de sang,
On s'empare de moi : Nous tenons le fameux brigand.
Oui, c'est moi qui suis le coupable des trois qui sont morts;
Voilà un pistolet, vous tirerez sur mon corps.
J'ai assassiné mon beau-père, ma femme et mon enfant,
Je les ai tués pour jouer et pour l'amour de l'argent.

Messieurs, prenez-moi bien vite, ayez la bonté;
L'échafaud je mérite, veuillez me condamner.
L'on m'enchaine et je suis conduit à la prison.
Le lendemain on me fait une interrogation.
Messieurs, j'ai fait de tout, j'ai volé, assassiné,
Rendez mon jugement, car je l'ai bien mérité.
Dans quinze jours aux cours d'assises je suis conduit,
Pour entendre le châtiment que je dois subir.
Le président dit : d'après les meurtres, je vais condamner
Pierre Herméné sur l'échafaud être guillotiné.
Je suis conduit à la prison obscure, bien gardé,
Avec des précautions, de peur que je puisse m'évader.
Voilà ma vie, après tous les rôles que j'ai joués,
Comme mes camarades j'aurai la tête tranchée.
J'ai un grand remords d'avoir tué mes plus près parents,
Cela n'était que pour jouer. O quel fameux brigand !
Dans quarante-cinq jours le geolier vient m'avertir
Que le lendemain de la prison me faut sortir
Pour aller accomplir ce malheureux et triste sort.
Sur l'échafaud je suis consent à subir la mort.
Sur la plate forme au peuple j'ai demandé
Un moment de silence pour ma vie expliquer :
Peuple, petits et grands, qu'à présent vous m'entourez,
De mon discours veuillez en grâce en profiter.
Nous avons fondé un cercle à Paris chez Béranger,
Nous avons subi des malheurs affreux pour jouer.
Trois sur l'échafaud nous avons subi notre sort;
Jean Germain se jetant à l'eau s'est donné la mort,
Etienne François sur lui a tiré un coup de pistolet,
Grégoire Thimothée j'ai commandé pour le faire tuer;
En Espagne, d'une demoiselle j'ai volé la main,
Je l'ai abandonnée avec un enfant et sans pain.
Plusieurs fois j'ai fait l'état de voleur, j'ai même tué ;
C'est une vie affreuse, c'était pour l'amour de jouer.

J'ai vendu mes amis pour la somme de dix mille francs.
L'on m'a trompé, comme eux j'ai subi le même jugement.
J'ai fait plus pire, je viens de tuer pour l'amour de l'argent,
Pour aller jouer, mon beau-père, ma femme et mon enfant.
Tout le monde que mon discours avez entendu,
La cause de tous mes crimes ce n'est que le jeu.
Expliquez-le sans cesse à tous vos amis et parents,
Que personne ne joue plus à partir de ce moment.
Je vous prie ô Dieu suprême mes fautes pardonner,
Je demande à tout le monde un pater et un ave.
Aussitôt la prière finie, à l'exécuteur j'ai demandé
Qu'il remplisse bien ses fonctions et qu'à mourir j'étais prêt.
J'embrasse le Christ, à la guillotine, ma tête je mets,
On lache le tranchant, au même instant mon corps est séparé.
Aussitôt mon âme être séparée de mon corps,
A la porte du Paradis, je vais frapper bien fort.
Saint Pierre : Que venez-vous faire ici, Pierre Herméné ?
Allez-vous en dans l'enfer brûler toute l'éternité.
Dans le ciel, il y a votre femme, beau-père et enfant,
Entendez les louanges qu'ils chantent à Dieu à présent.
J'ai fait beaucoup de victimes, à présent ils sont heureux,
Et moi, avec toute mon adresse, je suis malheureux.
Saint Pierre, de votre main puissante, veuillez m'accorder
Cent années de souffrances, sans toute l'éternité brûler.
Va-t-en, monstre, à Satan, je vais te recommander,
En proportion des crimes que sur terre tu as faits.
Saint Pierre, si de mes souffrances, je ne puis rien obtenir,
Accordez-moi d'aller sur terre faire imprimer ma vie.
Va-t-en au fond des enfers pendant cent ans brûler,
Après ce temps ta vie tu iras faire imprimer.
En m'approchant de l'enfer, je reconnus Satan,
Il se lance sur moi comme un fameux brigand,
En me disant sur terre tu t'es bien contenté,
Et moi, à mon tour, je vais bien te faire brûler.

Va-t-en là-bas près de tes camarades de jeu,
Ils sont condamnés, comme toi vomissent le feu.
A toi, infàme traître, ah ! tu nous as trompés !
Cependant comme nous tu as eu la tête tranchée.
A la fin des souffrances, mes cent ans sont expirés ;
Maintenant à la porte du Paradis je vais frapper.,
Saint Pierre se présente qu'avez-vous à me demander,
Pierre Herméné ? Ma vie à faire imprimer.
Allez-vous en, je vous donne toute permission,
Expliquez-lui les faits, racontez-lui les punitions.
Je retourne à l'enfer en lui disant à Satan,
Je vais parler à mes amis et partir présent.
Peuple de l'enfer, soyez assez bon pour m'expliquer
Par quel motif êtes-vous ici comme moi condamné.
Quatre ou cinq millions tous à la fois ont répondu :
Tous nous sommes condamnés pour avoir aimé le jeu.
Adieu, cruel ennemi du peuple, vilain Satan,
Je m'en vais sur terre me venger de toi à présent.
Bruyère, interromps ton sommeil et n'aies point peur,
Je ne suis pas un diable à te faire frayeur.
Je suis une âme qu'à l'enfer, je suis condamnée
Pour aimer le jeu. Mon nom est Pierre Herméné,
Je vais te dicter ma vie, tu la feras imprimer.
Messieurs, je ne suis pas poète, mais simple ouvrier.
Fur à mesure que je parlerai, tu écriras,
Rends-moi ce service, personne ne le fera mieux que toi.
Monsieur, suivant ma connaissance, j'écrirai,
Et à toutes les nations je te ferai circuler.
Je te recommaude de ma vie de n'avoir pas horreur,
Telle que je te la dicte, quoiqu'elle fait frayeur,
Ainsi que celle de mes amis, telle que je l'ai annoncée.
Je te jure sur ma tête que c'est la pure vérité.
Une fois imprimée et qu'elle circulera,
Dans toute la terre on me remerciera

Cher ami Bruyère, je te remercie et te dis adieu,
Pour aller à l'enfer me jeter dans ce gouffre de feu.
Le premier que je rencontre c'est ce maudit Satan,
Me prend dans ces bras, me jette dans le feu, ce brigand.
Je vais te faire rôtir, comme tu l'as mérité,
En venant sur terre ta vie faire imprimer.
Infâme, fais-moi ce que tu jugeras à propos,
Je suis content d'avoir mis beaucoup d'âmes en repos.
Bruyère, en revenant de l'enfer tout embrasé,
Ne cache rien de ma vie ; adieu pour toute l'éternité.
Lecteur, si vous trouvez des fautes, veuillez me pardonner,
J'ai fait ce roman pour ma découverte exécuter.

Imp. Delpech, Béziers.

www.ingramcontent.com/pod-product-compliance
Lightning Source LLC
Chambersburg PA
CBHW070912200626
46818CB00006BA/2490